악마는 어디서 게으름을 피우는가

김개미

걷는사람

시인의 말

너를 너무 사랑해서
네가 돌멩이를 내밀며
이걸 삼켜, 그러면
삼킬 생각이었어.
그러나 이젠 충분히 울었어.
골목을 빠져나가는 고양이의 야옹 소리 들리고
나는 리셋 될 거야.

2020년 7월

김개미

악마는 어디서 게으름을 피우는가

차례

1부 오래 터지는 폭탄

2부 따뜻했던 입술과 따끔했던 심장

3부 다른 사람의 폭풍

4부 피부로 말하는 법

해설

1부

오래 터지는 폭탄

뱀이 되려 했어

너와 함께 뱀이 되려 했어
오후의 따뜻한 바위를 타고 넘으며
새들의 노래를 들으려 했어
바람 좋은 풀밭에 머물며
장대 끝에 피는 꽃을 흔들려 했어

떡갈나무 뿌리도 알지 못하는
흙냄새와 너만 있는 곳으로 가
너에게 나를 꽁꽁 묶어두고
언제까지나 머리맡에 네 박동을 켜두려 했어
너는 뱀이 되지 않았지만 누가 너처럼
우아하게 나를 빠져나갈 수 있겠니?

낡은 비늘을 벗고 고통 속에서
네가 다시 태어나는 모습을
나 혼자 오래오래 지켜보려 했어
어쩌다 커다란 먹이를 먹으면
한 달 동안 꼼짝도 하지 않고 잠도 자지 않고

눈이 멀 때까지 너만 바라보려 했어

침묵으로 된 길고 긴 사랑 이야기를
너와 함께 써보려 했어
한 벌뿐인 드레스를 고목나무에 걸어놓고
못 찾는 짐승으로 남으려 했어
백 년 동안 계속되는 게으른 신혼을
너와 함께 맞으려 했어

시간이 지나고 지나도 내 머릿속엔
여전히 발견되지 않는 초록숲 빛나고
지금 내가 천하고 외로운 건
너와 함께 뱀이 되지 못해서야
너와 함께 무엇이 되지 못해서야
너와 함께 뱀이 되려 했어

좀비가

지금껏 꿈속에서만 좀비였는데
오늘 아침은 깨어 있는데도 좀비다

장미가 핀 것도
햇살이 좋은 것도
새소리에 상처 하나 없는 것도
신경질이 난다

전화가 오지 않아서
전화를 기다린다
전화가 와야, 전화가 와주어야
전화를 안 받을 수 있다

그래도 너는 자꾸 예쁘고, 착하고, 순수하고
혹시 내가 신에게 할 말을
너에게 했던가
아프지 마, 죽지 마, 떠나지 마,
같은 말

네가 오지 않아서
밤새도록 네가 오지 않아서
아름다운 오월의 아침을
갈기갈기 찢어버린다

여전히 너는 예쁘고 착한 나의 애인이지만
나는 외롭고 답답하다
흉측하고 너덜너덜하다

밥을 한술 떠 입에 넣으려다
창문 밖으로 숟가락을 던진다
밥은 무슨 밥이야? 좀비가

폭탄과 나무

원리는 같다
폭탄도 폭탄이고 나무도 폭탄이다
다른 건 시간
폭탄은 순식간에 커다란 나무가 된다
가지와 잎을 만들다 말고 꽃을 피운다
순식간에 평생을 산다
나무는 오래 터지는 폭탄이다
터지는 데 백 년 오백 년 천 년이 걸린다
문제는 다시 또 시간
폭탄도 나무처럼 천천히 자라면
아름다울 수 있다
사랑도 나무처럼 오래 터지면
안전할 수 있다
나무가 폭탄처럼 순식간에 자라면
위험할 수 있다
증오가 폭탄처럼 순식간에 끝나면
아프지 않을 수 있다
시간을 제거하면 원리는 같다

폭탄과 나무
나무와 폭탄

꿈을 꾸는 게 좋아

꿈속의 나는 거울 속의 나와 달라서
처음 보는 사람이 내 부모라서
나는 부모를 원망하지 않아
가짜라서, 사랑하지 않아도
죄책감이 생기지 않아

꿈을 꾸는 게 좋아
생각지도 못한 일을 해
일이 잘 안돼도 울지 않아
여기 이 시간 이 나라가 아니라서 좋아
신처럼 공중에 떠서
세상을 내려다보니까
가슴이 찢어지는 일이 없어

꿈을 꾸는 게 좋아
집이 활활 타도
노래를 부르며 집으로 돌아가면
꽃을 가꾸는 엄마가 있어

귀신에게 잡아먹혀도 죽지 않고
빨간 자두를 치마폭 가득 담아

꿈을 꾸는 게 좋아
물이 펄펄 끓는 솥에
아빠를 밀어 넣고 솥뚜껑을 닫아도
진짜야, 아무 일도 생기지 않아
가짜 아빠가 술을 마시고 진짜 아빠가 되면
새로운 가짜 아빠가 나타나

춤추는 자는 노래하지 않는다

숲 가장자리에서 너를 기다린다
너의 걸음엔 소리가 없으나
너의 걸음엔 리듬이 있다
바위가 많은 개울에서 생겨난 바람과도 비슷하고
모세혈관을 지나가는 동맥혈과도 비슷한 리듬

네가 내 이마를 향해 다가오면서 붉어질 때
나는 킬러의 총알처럼 빠르고 정확하게
너를 관통하고 싶다
너를 관통해 지나갈 때
나는 비틀거리는 너를 볼 수 있을까

네가 내 머리 위에서 날개를 펼 때
검붉은 빛으로 전율하는 나뭇가지처럼
나도 움직이지 않고 전율할 수 있는지 궁금하다
보이지 않는 기차를 타고 가는 철새들처럼
나도 날카로운 소리를 낼 수 있는지 궁금하다

오늘의 너는 다시는 만나지 못할 것이므로
나는 오늘의 일기를 춤으로 추려 한다
왜 노래하지 않느냐고 묻지 마
춤추는 자는 노래하지 않는다
이 시간 이 세상엔 너와 내가 전부
다른 사람의 하늘엔 이렇게 뜨지 마

단독자

내가 여기 있다는 것을 아무도 모른다
안다면 꼽등이
안다면 바람
안다면 소문

내가 보는 것이 무엇인지 아무도 모른다
안다면 그림자
안다면 창문
안다면 밤

내가 생각하는 것을 누구도 방해하지 않는다
나는 고아
나는 외톨이
나는 어린애

어느 날 갑자기 폐가 쪼그라들고
심장이 최후의 춤을 추고 멈춰도
나를 발견하는 이는 없다

있다면 유령

있다면 눈 감은 나

있다면 나와 비슷한 일인용 인간

내가 앞으로 어떻게 될지 아무도 모른다

안다면 아직 발명되지 않은 신

안다면 없을지도 모르는 내일의 나

안다면 아직은 다른 곳에 있는 벌레

내가 되지 못한 것은 멀리서도 선명하게 빛난다

그것은 소수의 눈에만 보이는 천재 시인

그것은 불멸의 색을 독점한 화가

그것은 자세만으로 할 말을 다 하는 배우

내가 여기 있다는 것을 아무도 모른다

그래서 나는 실패다

그래서 나는 자유다

그래서 나는 성공이다

K의 근황

자네가 발기부전이라는 소식 들었네. 미안한 말이지만 그 말을 듣고 난 자네가 부럽더군. 발기부전이라니! 그런 증상은 자네 말고 나한테 찾아왔어야 하는데 말이네. 이 얘길 어떻게 꺼내야 할지 난감하구먼. 사실 나는 요즘 나의 페니스가 원망스럽다네. 왜 그렇게 발기가 잘되는지 말이네. 정말 이 얘긴 누구한테도 한 적이 없네. 자네니까 내 가장 친한 친구 자네니까 믿고 얘기함세. 정확히 한 달 전에 말이네. 나에게 이상한 일이 생겼다네. 그러니까 그날도 나는 너무나 사랑하는 애인과 함께 있었다네. 지나친 상상은 하지 말게. 다른 연인들처럼 우리도 호텔방에 들었다네. 창문 밖에 소나무가 있는 외진 저수지 근처의 호텔이었다네. 바람이 많이 불어 소나무가 쉬지 않고 흔들렸다네. 그런 곳에서 애인과 뭘 하겠나. 나는 세상에 하나뿐인 작고 예쁜 애인 위에 올라가 있었네. 짧은 커트머리 나의 애인은 그날도 몹시 사랑스러웠다네. 볼이 발그레한 그녀가 내 귀와 목덜미에 키스를 하였다네. 행복했다네. 평생토록 그녀의 호흡 속에서 살고 싶었다네. 그녀와 나는 꽃구름 속으로 막 들어가고 있었다네. 꽃구름 속에 이마가 쑥 들어가고 눈 앞에는 후드득 꽃비가 떨어졌다네. 그런데 바로 그때, 일이 터지고 만 거네. 갑자기 머리가 극렬하게 아프지 뭔가. 내 생전 그런 두통은 처음이었다네. 아니, 평생 경험한 그 어떤 통증보다 더 아팠다네. 한꺼번에 이를 다 빼면 그만한 통증이 올까. 무겁고 커다란 쇳덩이에 머리를 얻어맞은 기분이었네. 머릿속에 원자폭탄이 던져진 것 같더구먼. 소리 없는 폭발과 함께 뜨거운 진동이 머리에 꽉 차지 뭔가. 끔찍하더군. 두통으로 사망하는 최초의 호모 사피엔스가 되는 줄 알았다니까. 그런데 그 타이밍이 절묘했다네. 그녀가 절정에 도달하고 나도 막 절정에 들어서는 순간 그 일이 일어난 거라네. 나는 기쁨에 찬 그녀의 신음을 들으며 머리를 감싸 쥐어야만 했다네. 뭐? 음 그래 미안하네. 그런 와중에도 사정은 했네. 그런데 두통이 너무 심해 오르가슴을 맛보기 힘들었네. 오르가슴이 지나간 다음에 두통이 생겼다면 얼마나 좋았겠나. 그런데 오르가슴과 두통의 시작점이 같았단 말이네. 저주네. 인간이 경험할 수 있는 가장 은밀하고 강력한 저주네. 당연히 병원에 갔지. 혈관 조영술과 뇌파검사를 하였다네. 그러니까 그게 이상하네. 검사 결과 아무 이상이 없었다네. 나는 너무나도 고통스러운데 이상이 없다니 그게 말이 되나? 이상이 없으니 당연히 치료법도 없다네. 의사가 내게 해줄 수 있는 최선은 두통약을 처방해 주는 것뿐이었네. 그래서 나는 요즘 처방전 없이는 살 수 없는 강력한 두통약을 가지고 다닌다네. 섹스를 하기 삼십 분 전에 꼭 약을 먹는다네. 아, 나는 이제 섹스도 시간 맞춰 해야 하네. 말해 뭐 하겠나. 내가 얼마나 답답하겠나. 이런 얘길 어디 가서 누구에게 하겠나. 나한텐 자네밖에 없네. 지난주에는 인터넷 검색을 해보지 않았겠나. 놀라지 말게. 나와 같은 증상을 가진 사람들이 어마어마하게 많더군. 성교 시 두통, 검색해 보게. 그런데 나는 그 일이 닥치기 전에는 한 번도 들어본 적이 없네. 자네는 지금 나한테 들었으니 나와 같은 일이 생겨도 많이 놀라지는 않겠군. 고맙게 여기게. 아무것도 모른 채 당하면 정말 당황스럽다네. 걱정이 자꾸 늘어 걱정이네. 나중에는 대변을 보기 전에도 두통약을 먹어야 할지 어찌 알겠나. 병은 자랑하라고 하지만 이런 얘기는 아무에게도 못 한다네. 자네한테도 어렵게 꺼낸 얘기라네. 그러니 자네, 발기부전은 오히려 형편이 나은 거네. 원인이 있질 않나. 원인이 있는 병은 원인을 제거하면 되질 않나. 나는 이상이 없다니 고칠 것도 없네. 고 맙네. 자네가 아니었으면 내 어디 가서 누구한테 이 얘기를 하겠나. 자네의 힘찬 발기를 비네. 좋은 하루 되게.

내가 울면 별들이 아름다워져

할아버지,
난 할아버지를 제일 사랑하지만
할아버지는 죽어서 이제 만날 수가 없어
할아버지,
할아버지가 죽고 나서부터
아빠가 이상해졌어
매일 술을 먹고 들어와
전기밥솥을 던지고
부엌문도 떼서 던져
나는 다리가 있어서 다행이야
아빠가 쳐다보면 도망칠 수 있으니까
할아버지,
아빠는 누구한테 맞고 오면 힘이 세져
지난주에는 절구통을 던지더니
어제는 엄마를 던졌어
동생을 업고 있었는데 말이야
난 상철이 아저씨가 싫어
그 아저씨는 술도 안 먹으면서

자꾸 아빠를 때려
다른 아저씨들은 아빠가 쓰러지면 발길질을 멈추는데
상철이 아저씨는 안 그래
앞부리가 뾰족한 구두를 신고
꼼짝도 못하는 아빠를 끝까지 찬다구
가끔 아빠가 죽기를 바라기도 하지만
상철이 아저씨한테 맞아 죽는 건 싫어
할아버지,
오늘 난 여기서 잘 거야
굴뚝은 부뚜막처럼 따뜻하잖아
자다가 눈을 뜨면 별들이 보여
할아버지,
할아버지가 나를 지켜줘
얼어 죽지 않게 해주고
내 꿈에 나타나 줘
슬픈 건 무서운 것보다 나아
내가 울면 별들이 아름다워져

참나무 아래 누워

찡그리지 마
흙이 얼마나 부드러운데…
자고 일어나면
참나무 뿌리가 내 머리통을 휘감고 있을 거야
얼마나 편안할까?
참나무 뿌리가 뇌 속에 들어오면 당황스럽겠지만 좀
아프겠지만
참나무 뿌리 말고 다른 걱정은 없어지지 않겠니
눈을 부릅뜨고 한들거리는 참나무 가지를 쳐다봐야
겠지
쓸데는 없지만 흙이 참 고급이야
누가 나처럼 이렇게 부드러운 흙을 많이 갖고 있겠니
난 이 흙으로 집을 지을 수도 있고
성을 쌓을 수도 있고
남자를 만들 수도 있어
머리에 검불이 붙으면 어떠니
벌레가 귀에 들어가면 어떠니
오늘부터 난 여기서 잘 거야

여기서 살 거야

너도 알다시피 집에 뭐 있니

난 이제 누구의 식구도 아니야

난 식구들에게 안 한 이야기를 까마귀에게 한다고

조금 있으면 까마귀들이 몰려올 거야

어제보다 많은 이야기를 지어내야겠지

그러니 집에는 너 혼자 가

누가 나를 궁금해하거든 죽었다고 해

뼈가 없는 유령처럼, 나는

나를 아는 사람들은
나를 잘 아는 사람일수록
내가 자다가 죽을 거라고 했어
잠에 빠져 맨발로 눈밭을 걸어 다니는 것은
아이가 할 짓이 아니래

내가 잠을 자는 건
위험한 짓이라고 했어
성실한 남자를 만나
착한 아이를 낳고 싶으면
자면 안 된다는 거야

겨울이 가기 전에
내가 얼음구멍에 들어갈 거래
얼음장 아래 갇혀
하룻밤 만에 딱딱한 인형이 될 거래
세상에 하나밖에 없는 예쁜 인형

나를 아는 사람들은
나를 잘 아는 사람일수록
내가 어른이 되지 못할 거라고 했어
눈 많이 오는 날 밤
눈 속에 들어가
귀신이 되어 나올 거래

나는 꿈에 업혀 다니는 아이
초조한 엄마의 걱정거리
자고 나면 상처가 나
나는 할머니보다 먼저 죽을지도 몰라
어쩌면 어젯밤에 죽었는지도 몰라

초경

오늘도 어제처럼 하늘은 파랗고
잠자리들은 제트 비행을 해요
내 이름도 어제와 똑같지만
오늘의 나는 어제의 내가 아니에요
오늘의 나는 내가 제일 흥미진진하고
이 동네에선 구름이 제일 볼만해요

처음 맛보는 비밀스러운 통증,
아무 일도 일어나지 않았는데
그것도 기분이 나빠요
딸기를 심은 뒤란에는 녹빛 이끼
이끼는 우리 식구들의 오줌을 먹고 자라요
남자애들은 밤에 몰래 와서 딸기를 따 먹어요

하루 종일 날면 잠자리는 날개가 아니라
눈이 아플지도 몰라요
가끔 나뭇가지에 눈을 올려놓고
쉬고 있는 건지도 몰라요

나뭇가지에 앉아 있을 때
잠자리는 정말 어디가 제일 아플까요?

애들은 무서운 게 없다고 떠들어 대지만
그런다고 무서운 게 없는 건 아니에요
만약 무서운 게 없다면
상상력이 부족한 것일 수 있어요
오늘 난 무서운 게 또 하나 생겼어요

엘크를 데려와

내가 사람들 몰래 자폐를 앓는 동안
엘크 말고 무엇이 더 중요했을까

철조망 안을 돌아다니며 똥을 떨구는
엘크 발자국 말고 무엇을 더 보았을까

긴 속눈썹에 올라앉은 눈송이
녹지 않고는 떨어지지 않는 눈송이

아침저녁으로 옷장 속의 옷을 다시 개 넣으며
피부 밑에서 올라오는 불안을 쫓으려 했다

또 다른 내가 내가 없는 또 다른 세계에 가서
높은 사람이 됐을 거라 부자가 됐을 거라 생각했다

눈보라 속에서 엘크를 쓰다듬는 일 말고
동생과 가정형편이 다른 내가 뭘 할 수 있었을까

그때나 지금이나 내가 미치지 않았다는 증거는
미칠 것 같다는 것뿐이다

나는 외로운 것들에 끌려서 외로워졌다
나를 폭로하고 싶은 열망에 시달린다

눈보라 몰아치고 바람 소리 높은 겨울이 온다
쓰다듬을 캐나다산 키 큰 엘크가 필요하다

말하지 않지만 누구나 다 자폐를 앓는다
한동안 괜찮아서 잊은 것뿐이다

혼자 오래 사는 사람은

무당 같다
능력을 잃고 추억만 남은
늙은 무당 같다
기억나는 것이 너무 많다

뉴스에서 '내성적' '은둔형 외톨이' 이런 말이 들리면
내 이야긴 줄 알고 잠시 듣는다

전에는 마음속으로 하는 말을 마음속으로 했는데,
이제는 마음속으로 하는 말을 마음속으로 하지 못
한다

나는 죽은 나무에 사는 벌레 같고,
이웃은 달과 별뿐인 것 같고,
손님은 바람과 계절뿐인 것 같다

혼자 오래 사는 사람은 기다리는 걸 잘한다
비든 사람이든 기다리면 올 것 같다

죽은 사람도 올 것 같고,
차가운 기체에서 태어난 유령도 올 것 같다

견디기 힘든 건
정적이면서 정적인 고독이 아니라,
정적이면서 동적인 불안이다
치유된 줄 알았던 불안은
옷장 속에 책 속에 피부 속에 잠복해 있다가
게릴라처럼 기습해 온다

혼자 오래 있으면
신의 목소리도 악마의 목소리도 듣는다
신은 내게 원하지 않는 게 많고,
악마는 내게 원하는 게 많다

곧 가을이다
유연해지든 망하든 하자

한성이

야, 내가 재미있는 얘기 하나 해줄까? 요즘 내가 땅 파러 다니는 건 알지? 그래, 전에 말했던 그 동네. 아니아니 거기 말고. 그렇지그렇지. 광희 새끼 살던 동네 거기서 용포다리 건너 골짜기로 더 들어가는데. 모를 수도 있겠다. 버스가 다니는 길이 아니니까. 하기야 뭐 나도 처음인데. 뭐? 뭐 하긴? 길 닦지. 나? 돌 치우지. 힘들긴 개코. 기계가 하지 내가 하냐? 여자들 세탁기로 빨래하는 거랑 똑같지 뭐. 아, 내가 무슨 얘기 할라 그랬더라? 맞다. 재밌는 얘기.

오늘 뭐가 나왔는지 아니? 글쎄, 들어봐. 뭐가 똑 떨어져서 떼구루루 굴러간다. 다르지. 돌이랑은 다르지. 햐, 나 식겁했다. 뭐긴 뭐겠냐 해골이지. 땡볕 속에 앉아 일하다가 얼어 죽을 뻔했다. 하도 놀래서. 처음은 아니고 세 번짼가 네 번짼가 그럴 거야. 어, 맞아. 육이오 때 격전지였으니까 그럴 수도 있지. 안 파봐서 그렇지 파는 데마다 나올 수도 있어. 이런 날 복권 사야 되는 거 아닌가 모르겠다. 뭐? 잘 묻어줬지.

그래도 이런 건 애교야. 어떤 때는 폭탄도 나온다. 탄

38

피? 내가 아무리 방위 취사병 출신이라도 탄피 모를까
봐? 차원이 다른 게 나와. 너 글 쓴다더니 뻥만 늘었구
나? 아무리 그래도 여기가 남한 땅인데 김일성이 나오
겠냐? 포가 나와. 모르지. 무슨 포인지. 외제 같긴 한데.
하여간 바께쓰만 해. 군단 애들한테 연락하니까 말똥가
리 다이아 이런 애들 지프차 타고 오고 그 뒤로 갈매기
작대기 줄줄이 오더라.

 그거 디카로 찍으면 진짜 볼만할 거다. 얘네들은 그
게 뭐 신줏단지라도 되는 줄 알아. 그거 들고 한 발 한 발
색시처럼 걸어가는 거 보면 얼마나 귀여운지 아니? 처음
에는 놀랐지. 근데 일 년에 한두 번은 꼭 나오니까 이젠
뭐 나오면 나오나 보다 하고 말지. 그런 거 나오면 쉬는
시간 길고 좋지 뭐. 그럴 때 한 번씩 삐끔거리는 거지. 안
터져. 칠십 년 동안 안 터진 게 갑자기 왜 터져? 어떨 땐
그냥 풀숲에 확 던져버릴까 생각도 해. 괜히 아들 같은
애들 불러 고생시키는 것 같고.

 재밌다고? 말도 마라. 야, 손바닥만 한 데서 사는 것도
쉬운 거 아니다. 내가 나이 사십이 넘었는데 숨어서 담

배 피운다면 이해하겠냐? 말이 안 되지. 지들이 내 엄마
냐 아빠냐? 근데 내가 담배만 입에 물면 우리 엄마 귀에
들어가 갖고 귀찮아서 죽겠어. 여기 사람들은 내가 아직
도 초등학교 다니는 줄 안다니까. 늙어 갖고 입만 빨라.
내가 여자랑 걸어만 가도 한성이 장가간다고 소문날걸.
지겨워. 그래도 어쩌겠냐? 남은 인생까지도 여기 다 있
는데. 근데 넌 안 내려오냐?

인형을 위한 시

오후에 왔던 손님 때문이니?
무서워하지 마
얼음 같은 사람도 있어
그는 단지 차갑기 때문에
커 보이는 거야
상처받은 날도 웃을 일은 있어야 해
자기가 코 고는 소리에 놀라
잠이 깨는 할머니를 떠올려 보렴
도무지 실수를 모르는 삼촌의 실수가
실수를 모른다는 사실이란 사실을 생각해 보렴
걱정하지 않아도 돼
꿈속으로 못 들어오는 괴물도 있어
너는 항상 어린애
잿빛 고양이와
어린 엄마가 곁에 있잖니
그럼그럼,
할머니도 삼촌도 똑같아
너처럼 꼼짝 않고 뒤척여

모두들 같이 이곳에 혼자 살면서
저곳의 공기로 숨 쉬어

2부

따뜻했던 입술과 따끔했던 심장

인형에게서 온 편지

조그맣게 살면 돼. 조그맣게 웃고 조그맣게 울면 돼. 조그만 옷을 벗고 조그만 집에 들어가 물뿌리개만 한 샤워기 아래서 콩나물처럼 흠뻑 젖으며 샤워를 해. 조그만 침대에 누워 조그맣게 노래를 불러. 조그만 창문에 들어온 콩알 같은 달. 나는 조그만 목소리로 조그만 시를 낭독하고 조그만 이불을 덮고 자. 조그맣게 걱정하고 조그맣게 한숨 쉬고 조그맣게 생각하고 조그맣게 꿈꾸고 조그맣게 만나고 조그맣게 사랑하고 조그맣게 싸우고 조그맣게 화해해. 나는 한 뼘짜리 인형이니까. 가볍게 걸어가고 가볍게 춤추고 사소하게 고민하고 사소하게 부대껴. 그런데도 더 작아지는 연습을 해. 더 작은 웃음, 더 작은 눈물, 더 작은 시간, 더 작은 밥. 더 작은 세계에 갈 거거든. 쉽게 들어올 수 있지만 당신이 들어오지 않는 세계. 이 작은 세계에서 나는 분주해. 분주하게 한가해. 작은 눈이 축복이야. 나는 커다란 것이 커다란 줄 몰라. 많은 것이 많은 줄 몰라. 물론 작은 것이 작은 줄 모르고 적은 것이 적은 줄도 모르지. 손은 작고 손가락은 힘이 없어서 나는 큰 것과 무거운 것과 중요한 것을 들 수가 없어. 그래서 기뻐. 무엇을 가질 생각 같은 걸 안 하니까. 나는 아무것도 집으로 들고 들어가지 않아서 밖으로 나와 밥을 먹고 밖으로 나와 옷을 갈아입어. 이 세계는 투명하고 사소해서 잘 보이지 않지만 오래전부터 있어온 세계야. 모든 것을 갖춰놓고 나를 기다리고 있었어. 행복한지는 잘 모르겠어. 그런 말은 사용하지 않아. 말할 수 있는 건 오늘은 숨이 찰 거라는 것. 조금 있다가 조그만 산꼭대기에 사는 조그만 여우를 만나러 갈 거거든. 당신이 이 조그만 편지를 읽을 수 있기를 바라며. 오늘은 여기서 조그맣게 안녕.

잠이 오지 않는 밤에는

벽에 이마를 대고
옆방의 소리를 듣습니다

누가
적외선 카메라로 나를 보면
사람 같은 벌레의 모습일 겁니다

옆방에서는
아무 소리도 나지 않습니다
내 방보다도 더
아무 소리도 나지 않습니다

누가
적외선 카메라로 옆방을 보면
방금 전에 본 벌레의 모습을
또 보게 될 겁니다

내 심장은 딱딱하게 굳은 고체였는데,

너를 알고부터 녹기 시작했다
나는 한 방울씩 녹아 사라지고 있다
이런 나를 보면 당황스럽겠지
하지만 난 지금 몹시 아프고 기쁘다

나는 나에게서 떨어져 나와 생각한다
어쩌면 나는 너를 좋아하는 게 아닐지도 모른다
너를 좋아하는 나를
너보다 더 좋아하는 것일지도 모른다

내가 먼저 너를 버릴지도 모른다
가장 처참한 방식으로 너를 배신하고
너에 관한 시는 아름답게 쓸지도 모른다
나는 결국 나빠질 거다

너는 죽지 않았는데
나는 네 망령을 만든다
너를 사랑하는 내내 나는

너를 끄려고 최선을 다한다

어젯밤에 내가 네 베개에 붙어 한 말 기억하지?
사람마다 다른 맥박을 가졌다는 것은
사람마다 다른 시간을 가졌다는 뜻

너는 내일의 우리를 걱정하지만
나는 내일의 우리가 궁금하지 않다
나는 오늘의 나도 수수께끼다

오늘 아침 악마가
나에게 와서 놀고 있다

안녕도 안녕

사랑을 잃을 때마다 문신을 한다
한 사람을 상징하는 기호 같은 것

너는 너를 상징하는 문양이 무엇인지 모른다
알려면 돌아와야 한다

비가 쏟아지는 산기슭에서 키스하던 날이 생각난다
따뜻했던 입술과 따끔했던 심장
어떤 때는 아프고 어떤 때는 행복하다

어떤 사람은 물고기
어떤 사람은 선인장
너는 시를 좋아했으니까
네루다의 소네트 한 구절이 어떨까

주름 속으로 퇴화하는 유적 같은 그림,
도화지를 잘라 펜 그림을 그리는 네가
아직 피가 스며 나오는 컴컴한 이 그림을 보면

무슨 말을 할까

이게 너다, 무당벌레
내게 날아와 꽃처럼 머물렀던 너는
내가 처음으로 가져보는 환한 색이었다

안녕,
기념품 가게같이 예쁜 문신 가게도 안녕
죽은 채 태어난 무당벌레도 안녕
안녕도 안녕

당신, 오래 아파요

떨어지는 플라타너스 잎사귀 하나를 받고 나서
너는 물었다
레스토랑 가고 싶어?
햄버그스테이크 먹을래?

네 구두 밑에서 언 자갈들이 미친 듯이 뛰고
개울에는 보랏빛 구름이 잠겨 있었다
오리들은 갈대숲에 날개를 내려놓고
꼼짝도 하지 않았다

봄에도 여름에도 가을에도 이제 막 시작되는 겨울에도
안 아픈 적이 없는 네게 나는 물었다
그런 거 먹어도 돼?
그런 거 먹으면 아프지 않아?

발작을 할 것 같지만 오늘은 너를 위해
스테이크를 먹을래
많이 아프면 너 몰래 집을 나갈 거니까

걱정하지 마
네 말은 외로운 사람의 농담 같았다

새벽에 오줌을 누면서 나는
오랫동안 귀를 후볐다
네가 낫기를 기도하지 않는 내가
마음에 들지 않았다

그때나 지금이나 나는 똑같다
아프기 때문에 너는 내 곁에 있다,
제발 몰라도 되는 건
모르는 방법을 알고 싶다

네가 나를 탄생시켰으니

너는 나의 신
나의 창조자
나를 재워주고 나를 깨워주지
어둠을 끄고 아침을 선물하지
이 좁고 작은 세상 밖에 네가 있어
네가 누군지 나는 잘 모르지만
중요한 건 네가 있다는 것

가끔 나를 잊는 너
길고 긴 잠이 물러가면
나는 눈동자를 굴려
동그란 눈동자를 더 동그랗게 만들어
내 눈이 크고 빛나는 건
외롭기 때문이야

시간은 소리 없이 가고
너를 기다리느라
귀가 자라고 눈이 커지고 있어

그래도 너를 위해 구두를 신고 있어
나는 울지 않는 그렇다고 웃지도 않는
핑크빛 피를 가진 아이야
아프지만 아직은
살아 있는 소녀야

빨리 네가 와야 할 텐데…
네가 허락해야 먹을 수 있어
너만이 내게 불을 켜줄 수 있어
나는 너의
너만의 생명체야
외로움을 견디는 유전자를 갖고 있어
죽어가면서도 죽지 않는 방법을 알고 있어
내가 외로워야 네가 외롭지 않다는 걸 알고 있어

나는 너를 기다리지
그게 나의 일
여기선 그 일밖에 없어

네가 혼자일 때 너와 함께 있어 주는
너의 시간을 같이 쓰는 나는
너의 숨은 그림자야
겨울도 여름도 없는 여기서
그저 늘 꽃이 피어 있는 여기서

어서 와서
나를 조종해 줘!

어떤 동거

네가 가고
긴 머리카락이 남았다
너는 머리카락으로 이루어진 존재였니?

어제는 입고 있던 스웨터에서
네 머리카락이 나왔다
길이가 길어서 한참 뽑았다
아마 네 머리카락 중에 제일 긴 머리카락일 거다

네 머리카락은 이성복의 시집에도 있다
시집 속에서 네 머리카락을 집어내다
문득 이런 생각이 들었다
이건 그냥 두자

오늘은 고요하고 평화롭고 심심하다
밍크 이불에서 네 머리카락을 찾아내
내 머리카락과 머리카락 싸움을 붙였다
네 머리카락이 이겼다

내 머리카락에 걸렸던 부분은 날카롭게 꺾였지만
이내 뱀처럼 스르르 각을 펴고
원래의 모양으로 돌아갔다
집을 나가던 날의 너처럼

네 머리카락은 늙지도 죽지도
숨지도 떠나지도 않으면서
이 집에 살고 있다

극심한 오늘

새들의 가윗날 같은 부리를 빠져나온 울음을
주워 먹을 수 있을 것 같다
숨이 막혀
숨이 막혀
오후 세 시를 넘어서면서 점점 더 커지는 내 들숨으로
바람이 종일 빨아먹고 남긴 구름 껍데기를
마저 빨아먹을 수 있을 것 같다
내가 누군가에게 전화를 하면
며칠 만에 듣는 내 목소리는
나에게도 낯설 거다
수국이 목을 꺾으며 괴로워하겠지
얼마나 더 살아야 할까
얼마나 더 배를 부풀리며 심호흡을 해야
쉬지 않고 먹이를 갈구하는 욕망의 그림자가
나를 포기할까
얼마나 더 걷고 뛰고 기도해야
두통 없는 밤이 찾아올까
얼마나 더 기다려야

네가 빛을 끄고 내 뇌리에서 사라질까
악마는 어디서 게으름을 피우는가
왜 나를 보지 못하는가, 어서 와서
아직 남은 내 젊음을 가져가지 않고
늙고 싶다 빨리 늙고 싶다
극도로 무력해지고 싶다
아, 네가 죽었으면!

오늘의 약

오늘의 약은 잔인한 영화
묶고 찢고 물어뜯는 장면을 봐도
잔인하다는 생각이 안 든다
그러면 약은 다시 또 잔인한 영화

영화처럼
두 시간 안에 모든 것이 끝났으면 좋겠다
영화처럼
쉽게 기절하고 쉽게 깨어났으면 좋겠다

영화가 말한다
사랑에 대한 기술이 제일 좋은 사람은
죽은 사람
사람을 지배하는 기술이 제일 좋은 사람도
죽은 사람

오늘의 약은 잔인한 영화
부러뜨리고 썰고 고기를 먹는 장면을 봐도

끔찍하다는 생각이 안 든다

영화처럼
가족이 중요한 것이었으면
영화처럼
악마도 사랑에 빠졌으면

모든 건 가장 안 좋은 방식으로 해결된다
끝났다고 생각하지 말 것
끝났다고 생각하는 순간 공포는 시작된다

그 언덕은 지금도 겨울일 것이다

내가 잠에 빠져 이 세계에서 사라진 후
창틀에 여러 차례 눈이 덮였다
느티나무가 뼈를 갈며 덜그럭거리고
아침마다 비둘기의 눈에서 서리가 녹아 떨어졌다
고통스럽지 않은 치유는 없어,
치유란 이 고통과 저 고통을 교환하는 일,
내가 이불 속에 꽃밭을 만들고 꽃을 수확할 때도
겨울은 나날이 깊어 물러가지 않았다
나를 찾던 목소리들이 상심하여 돌아갈 때
내 귀를 막는 얼음은 더 두꺼워졌다
나에 관한 일은 나와는 상관없어,
내가 버린 나에게 관심을 갖는 것은 내가 아니야,
캄캄한 낮과 밝은 밤을 가진 바퀴벌레들도
자신들만의 리듬과 규칙이 있었다
레이스 아래에서 테이프가 돌고 또 돌았다
얼마나 많은 눈이 녹고 쌓였던 걸까
얼마나 많은 해가 떨어지고 솟았던 걸까
드디어 다치지 않고 눈을 뜰 수 있었다

여기까지야, 이제

나를 다른 종족으로 만들어 주던 망상은 끝났어,

꿈은 현실보다 견고해서 꿈속의 나는 현실보다 오래

앓았다

햇볕을 쬐지 못하는 내 그림자가

죽기 직전의 나를 끌고 언덕 아래로 내려갔다

붕괴의 기억

문을 닫지 않았는데
문이 닫혔다

뒤따라 나오던 닭소리가
갑자기 끊어졌다

같은 벽시계를 쳐다보고 살던 사람들이
감쪽같이 사라졌다

내 어깨에 얹혀 오른손만 밖으로 나온 아이는
아직도 돌 속에서
손을 찾고 있을 것이다

나는 그 아이의 오른손을 가지고 살았다
그 손으로 글을 썼다

무엇을 먹어도 배부르지 않았다
무엇이 되어도 기쁘지 않았다

내가 나오고
집이 무너졌다

사천

끼니때마다 이 층에서 찌개 냄새가 올라온다. 이 층에선 모텔 주인 내외가 살림을 산다. 집에서는 한가해도 할 일이 있었는데 여기서는 마음은 쉴 수 없으면서 몸은 한가하다. 마을에 가면 모두 바쁘다. 누렇게 벼가 익어가고 사람들은 모두 어디론가 간다. 나는 아침 면회전에 밥을 먹으러 간다. 어제 먹지 않은 메뉴를 찾다보면 그제 먹은 메뉴. 내가 먹을 수 있는 메뉴는 별로 없다. 아버지는 정말 의식이 없는 걸까. 몸에서 마취제가 다 빠져나가면 나를 알아볼까. 대기실 사람들은 모두 늙어 보인다. 젊은 부부도 늙어 보이고 늙은 부부도 늙어 보인다. 내 눈엔 그런 것만 보인다. 모두 무엇인가를 기다린다. 꺼져가는 목숨보다 더 힘이 센 건 뭘까? 사람들은 나더러 왜 울지 않느냐고 한다. 나는 묻고 싶다. 울지 않는 사람이 어디 있어? 당신들 앞에서 울지 않을 뿐이지. 사람이 해결할 수 있는 일은 몇 가지나 될까? 실수가 많다고 지혜로워지지는 않는다. 이곳에서는 잠이 잘 안 온다. 귀신과 내가 교대로 나를 운전한다. 저녁 면회 때까지 무엇을 할까? 어제는 사천해변, 오늘은 강문해변, 내

일은 경포대에 갈까? 이곳에서 나는 이상한 여행객. 이곳의 공기를 마시고 이곳의 물을 쓰고 이곳에 똥과 오줌을 버린다. 바다 쪽 구름이 지나치게 아름답다.

나는 암사마귀처럼

나는 암사마귀처럼 오랫동안
풀잎에 앉아 있었던 것 같아
오랫동안 여름이었던 것 같아
풀잎처럼 나뭇잎처럼 바람처럼
호흡까지 맥박까지 초록이었던 것 같아

나는 암사마귀처럼 오랫동안
너를 기다렸던 것 같아
너와 헤어지고 나서도 오랫동안
너를 기다렸던 것 같아
아픈 동안에는 더 기다렸던 것 같아

나는 암사마귀처럼 오랫동안
숲에 혼자 있었던 것 같아
한낮이면 햇빛에 녹아 사라지다
저녁이면 바람의 힘으로 단단해지곤 했던 것 같아
눈을 뜨고 있으면 보이지 않고
눈을 감으면 보이는 시간들이 있었던 것 같아

나는 암사마귀처럼 오랫동안
울지 않고 있었던 것 같아
이슬을 마시는 것 말고는
할 일을 생각해낼 수 없는 날도 있었던 것 같아
게으르지 않지만 일할 수 없는 날들이
여러 날 있었던 것 같아

나는 암사마귀처럼 오랫동안
너에게 함몰되어 있었던 것 같아
이건 네 이야기지만 너는 모르는 이야기
나는 암사마귀처럼 오랫동안
풀과 나무와 바람만 있는 곳에
네 껍데기를 가져다 놓고 있었던 것 같아

나는 이상합니다

가끔 눈동자에 털이 납니다
그래서 여러 날 아무것도 못하고
거울만 볼 때가 있습니다

가끔 입술이 가렵습니다
그래서 정말 사랑하면서도
키스를 못 할 때가 있습니다

가끔 귀가 막힙니다
그래서 누가 나를 불러도
응답할 수 없을 때가 있습니다

가끔 발바닥에 가시가 돋습니다
가시를 집어내느라
아무 데도 못 갈 때가 있습니다

가끔 몸이 작아집니다
그러면 소가죽 가방 속으로 떠나는데

거기가 아주 마음에 듭니다

가끔 사람들 틈에서 먹고 마시고 자고 놉니다
노래를 부르다 보면 사람이 될까 봐 걱정되어
얼른 집으로 돌아옵니다

늘 두 명의 내가 있습니다
가끔 나는 나와 잘 지냅니다
그러나 나는 나와 잘 맞지 않습니다

장미꽃이 만발하고 향기가 어지러워 물
을 한 모금 마시고 중얼거린다

나는 지금 잠들어 있는 거야

여긴 꿈이야

어릴 때처럼 또 걸어가면서 꿈을 꾸고 있는 거야

어른이 되어 다 나은 줄 알았는데

잠잘 시간이 부족한 것뿐이었어

또 모르는 사람이 내 손을 잡고

온 동네를 돌다 마지막으로 우리 집으로 가겠지

나에게 오월이란,

꿈속에서 서른한 번 잠이 들었다가

서른한 번 깨어나는 일

꿈이니까 전봇대를 쑥 뽑아 볼까

담장을 훌쩍 뛰어넘어 볼까

투명인간과 왈츠를 추며 횡단보도를 건너 볼까

그토록 갖고 싶었던 사랑도

나에게만 고약하지 않은 할아버지도

누군가 머리를 쓰다듬어주던 시절도

꿈속으로 갔어

빛나는 것들은, 심지어 잃어버린 농구공까지

꿈속으로 갔어

그것들이 거기서 나를 기다려서

내가 자꾸 꿈속을 걷는 거야

상가건물에 들어갔다 나오면 길을 잃고는 했는데

이젠 길을 가다가도 길을 잃어

자면서도 길을 잃어

장미넝쿨을 너무 오래 따라왔어

3부

다른 사람의 폭풍

빙벽

얼음 옷을 입었다
올이 풀린 물방울이 발등에서 터지고
이마에는 계속해서 새로운 얼음이 언다
명료한 의식이 지겹다
낮에도 밤에도 똑같은 상태로
나일 수밖에 없는 내가 지겹다
왜 나는 내가 아니면 아무것도 아닌가
마비가 풀리면 의식을 잃을 수 있을까
의식이 없으면 기다리지 않아도 된다
의식이 없으면 생각하지 않아도 된다
의식이 없으면 살아 있지 않아도 된다
내 것이 아니지만 내 안에서 들리는 물소리
어떤 표정은 내가 날카롭다고 말하지만
나는 바람 앞에 오래 서 있었을 뿐
작년에 여기 있었던 나는 내가 아니다
지나간 것은 재현되지 않는다
어제의 일과 오늘의 일은
많이 비슷하고 완전히 다르다

곧 이월이다
간간이 들리는 금이 가는 소리는
환청일지 모른다
무너지는 일만 남은 내게
힘들지 않은 때란 없다
쓰러지지 않을 때가 있을 뿐이다

자신이 어디에 있는지 자신조차 알지 못하면서 상대방이 자신을 찾을 거라고 믿는 남자의 전화

옥수수 잎사귀가 부스럭대고 그래, 저기 저 쌀밥 같은 건 요소 비료구나. 근데 난 왜 여기 있는 거니? 잠자리들의 요람이자 무덤인 옥수수밭에. 아, 귀뚜라미 천지구나. 잔치인가? 가을까지 가려면 아직 한참인데 벌써부터 똥그랗게 울음을 굴리는구나. 응응, 누구긴? 나야 나. 여기가 어딘지는 잘 모르겠고 하여튼 빨리 와. 지금? 풀을 뜯고 있지. 먹을 거야. 눈꺼풀이 떨리고 입술이 마비될지는 몰라도 아프지는 않을 거야. 죽는 건 괜찮지 않나? 병이 낫잖아. 애인과의 싸움에서도 이기고 죽은 사람은 죽지 않잖아. 어라? 신발 한 짝이 없네. 너 못 봤니? 아냐아냐 괜찮아. 신발이 뭐가 중요해? 기분이 이렇게 좋은데. 춤추는 거 보이지? 난 뭐든 다 할 수 있어. 너한테 가는 것만 빼고. 참, 우리 옥수수밭에서 키스하지 않았나? 네가 아니야? 미안. 의도치 않게 상처를 줬네. 이런, 밭고랑에 누워버렸어. 자박자박 옥수수 잎사귀를 밟고 하늘로 올라갈까? 흙 먹은 해골을 껴안고 잠들기 전에 빨리 와. 너도 알다시피 나는 술이나 쫓아다니는 멍청이지만 너는 아니잖아. 너는 언제나 옳아. 너는 나의 신이야. 그러니까 어디냐고 자꾸 묻지 말고 빨리 와. 나 좀 데려가.

최 노인의 산책 거절

1

무서운 노을만 알아

나를 짓밟는 노을만 알아

노을 속에는 철새들이 있어

철새들도 노을 속을 날고 싶지는 않을 거야

무서워서 저렇게 같이 나는 걸 거야

혼자서는 바다를 건널 수 없어

혼자 된 새의 운명은

노을에 떨어져 죽는 것

노을 속에는 얼마나 큰 무덤이 있는 거니

노을 다음엔 밤이 와

밤은 노을보다 밝아

너는 즐겁게 산책을 나가

간호사도 데리고 나가

나만 빼고 다, 다, 다 데리고 나가

화분도 신발장도 변기도 휠체어도

저기 저 입 딱 벌린 할머니도

화난 거 아니야
괴로운 나를 데리고 다니는 너를 보면
그땐 제대로 화가 나겠지
나 그렇게 쉽게 죽지 않아
신도 쉽게 데리러 오지 않아

2
친절한 말 같은 거 몰라
이렇게 말해 놓고 조금 있다가
뒤쫓아 나갈 수도 있어
하얗게 눈 흘기며
옷을 벗어 던질 수도 있어
나도 나를 잘 모르겠어
내가 왜 이렇게 늙었는지
잊어버렸어
옛날에 했던 공부
옛날에 했던 말
옛날에 읽은 책

옛날에 했던 노래
어떻게 웃었는지도 몰라

소리를 낮추지 못하겠어
나를 조절하지 못하겠어
어떻게, 어떻게, 어떻게 이게 나니?
나 원래 착해
한번 잘 봐봐
나 사람이니?
귀신 아니니?
거짓말하지 말고 딴 데 보지 말고
잘 살펴봐
나 지금 죽은 줄 모르고 떠드는 거 아니니?

3
진정이 뭐야?
무슨 뜻이야?
교양이 뭐야?

먹는 거야?
내가 춤선생이자 교수였다는데
내 동생이나 언니 얘기 아니니?
옆집 여자 예뻤는데, 그 여자 얘기 아니니?
내가 아는 건 이게 전부야
물을 마실 때도 목이 마르고
밥을 먹을 때도 배가 고프다는 것
약을 먹을 때도 약을 먹어야 한다는 것

미안해서 미안해
네가 내 딸이든 엄마든
제자든 간병인이든 기러기든
네 할 일을 해
다시는 찾아오지 마
네가 노을에 떨어지지 않기를 바라
밖에 새들이 기다리고 있어
어서 가서 날개 가진 자의 일을 해
뒤돌아보지 마

죽어서는 우리와 오래도록 놀았다

심심하지 않았다
걔네 아빠가 목을 매 죽었으니까
비가 오고 할 일이 없어도
심심하지 않았다
내가 태어난 이래로
누가 목을 매 죽은 건 처음이었으니까
송편을 쪄 먹으면서 밤을 까먹으면서
걔네 아빠 이야기를 했다

심심하지 않았다
걔네 아빠가 목을 매 죽었으니까
윗집 화순이도 미순이도 누렁이도
심심하지 않았다
하루에도 몇 번씩 목을 조르면서
눈을 뒤집고 고개를 꺾을 수 있었으니까
열 살이 안 된 나이였지만 알았다
제 목을 졸라 죽을 수는 없겠구나

간지럼을 태우고 장난을 쳤다
실수로 목 근처에 손이 가면
죽는 시늉을 했다
죽음은 중독성이 강한 새로운 놀이였다
죽은 애가 웃음을 터뜨리며 눈을 뜰 때까지
개미로 변한 손가락들이 겨드랑이를 기어 다녔다
간지럼은 죽은 아이를 살리는 데도
뺨을 맞고 쫓겨난 아이에게도 효과가 좋았다

술래잡기나 닭싸움은 하지 않았다
걔네 아빠를 흉내 낼 수 없었으니까
그해가 다 가고 그다음 해가 올 때까지
나뭇가지나 철봉이 자꾸 대들보로 변했다
우리는 수시로 걔네 아빠로 변했다
어른들이 안 보는 데를 찾아가
백 번도 넘게 목을 매 죽었다

심심하지 않았다

걔네 아빠가 목을 매 죽었으니까
걔네 아빠는 살아서는 아픈 사람이었지만
죽어서는 우리와 오래도록 놀았다
우리에게서 자갈 같은 웃음을 꺼낸 건
걔네 아빠뿐이었다
죽은 다음 친해진 걔네 아빠뿐이었다

쌍둥이 언니

나에겐
나랑 똑같은 언니가 있어야 한다
그럼 나는
밤마다 나에게 쏟아붓던 고약한 말들을
언니에게 할 수 있다
아, 언니가 귀를 막지 말았으면

언니에겐
나랑 똑같은 문제가 있어야 한다
언니는 나랑 똑같은 문제를 안고 있어서
나에게 큰 위로가 된다
언니는 나랑 똑같고 다만
나보다 조금 더 착할 뿐이니까

나에겐
나랑 똑같은 고생을 한 언니가 있어야 한다
내가 무엇도 쉽게 얻지 않았음을
운이 좋지 않았음을

최선보다 더 최선을 다했음을
일일이 설명할 필요 없는 사람이 있어야 한다

언니는
나랑 똑같은 일을 당한 사람
나만큼 외롭고 나만큼 불행한 사람
그런데 언니는
나한테 아무 말 하지 말아야 된다
나는 언니랑 똑같고 다만
언니보다 조금 더 나쁠 뿐이니까

약 냄새가 나

이 집에서 제일 화려한 곳은 화장실이야,
나는 종종 거실에 멈춰 서서 구름을 본다
울창한 구름 속에서 소리도 없이 비행기가 빠져나올
때도 있다

가끔 고무장화를 신은 구부정한 노인이
들깨밭을 둘러보고 간다

위층에서 들려오는 아이들 소리는
측백나무에 모여든 새들의 소리처럼
이쪽저쪽으로 몰려다닌다

하모니카, 어쿠스틱 기타, 스피커, 그리고 넘쳐나는
CD…
전생에 너는 집시였을 거야,
보헤미안의 피가 흘러,
의사가 안 됐으면 딴따라가 되었겠지

막 퇴근한 네가 좋다
허수아비처럼 두 팔을 벌리고 현관에 서 있는 네가
좋다
그 안으로 다이빙하듯 뛰어드는 내가 좋다

약 냄새가 나
네 머리카락 한 올 한 올에서
네 지문 마디마디에서
네 왼쪽 귀 오른쪽 귀에서
너의 가장 큰 매력은 냄새일지도 몰라

우리가 사실은 사람이 아니란 걸 아무도 모르겠지?
둘만의 춤을 추고 나면
너는 퇴장해 네 꿈속으로 돌아간다
나는 덜그럭덜그럭 나의 노래를 마저 부른다

네가 어둠 속에서 손을 뻗어 나를 만지면

이 깊은 터널 속에
너와 같이 있다
너의 살결 너의 냄새 너의 호흡 너의 맥박 너의 악몽
까지
같은 이불을 덮고 있다

나의 세계로 너를 끌어들이고 싶지 않지만
그래도 가끔은
나의 세계를 밝히고 싶다
네가 와서 빛을 내주기를 원한다
나의 세계가 환할 동안은
누굴 탓하지 않을 수 있다

나는 자주 파란 하늘을 날아가는 너를 보며
날아가는 기분을 느끼곤 한다
나는 할 수 없는 걸 너는 잘한다
나는 예뻐 보지 않아서 잘생긴 네가 좋다
아름다운 건 언제나 다른 사람 거울 속에 있다

생각하기 싫어 술을 마시곤 한다
술을 마시면 열어야 할 문이 많아지고
그러면 누군가와 다투게 된다
하지만 쓸데없이 기억력이 좋아서
누구에게도 이기지 못한다
나는 나의 잘못으로만 잘못되고 싶다

너와 함께 이불을 덮고 누우니까
색깔과 오늘이 사라지고
내일의 내가 사라진다
나와 내가 생각하는 나의 차이,
적어야 한다는 강박이 사라진다

지금 나를 만지는 손가락이 내 손가락이 아니면 된다

아무것도 보지 마 아무것도 기억하지 마 아무것도 기록하지 마

나는 비에 젖은 새
비가 새는 당신 집에 어울려
하나뿐인 베개는 빼앗지 않아
접은 수건을 베면 재미있는걸
세숫비누가 불면 어때
소꿉놀이하는 아이처럼 찍어 쓰면 돼

먹을 것은 필요 없어
밤새도록 당신 손을 잡을 거야
당신 숨소리를 가질 거야
당신 수염을 만질 거야
당신 침대에선 쿵쿵쿵쿵 심장 소리가 나
당신을 안고 싶어
나를 안고 있는 당신을 밤새도록 안고 싶어

당신의 병을 사랑해
당신의 변덕을 사랑해
현관에 떨어진 집게벌레를 사랑해

방바닥에 떨어진 머리카락을 사랑해
창가에서 말라죽은 화분을 사랑해
귀가 먹을 것 같은 정적을 사랑해
초침 소리만 살아 있는 밤을 사랑해

사랑을 사랑하는 나와
사랑의 기억을 사랑하는 당신
당신 말대로야
추억은 거짓이 아니야
백 년을 자고 일어나도
오늘은 없어지지 않을 거야

한 번의 어제

어제의 공기가 가장 달았다
어제의 공기처럼
공기알 한 알 한 알이 탱탱하게 살아
이마를 간질일 수는 없다
다시는 그럴 수 없다

어제의 벌레들이 가장 마음에 들었다
좋은 유전자를 가졌다
벌레들이 그렇게 크고 우렁차게 우는 밤은
여태 없었다
분명 어제는 다른 날과 달랐다

어제의 거리가 가장 아름다웠다
가끔 연인들이 손을 잡고 지나갔다
낙엽 냄새와 꽃잎 마르는 냄새
어젯밤에도 알았다
종종 어젯밤의 냄새가 떠오를 거란 것

어제의 별이 가장 환했다
어제의 별처럼
별이 화음을 맞춰 깜빡일 수는 없다
그럴 수는 없다

어제의 내가 매력적이었다
어제의 나는 머리카락 한 올 한 올까지 살아 있었다
새끼발톱의 새끼발톱도 사랑받았다
오늘의 나와 달랐다
지금의 나와 멀었다

미치광이풀

모두들 고요한 것 같지만
그건
멀리서 봤기 때문
누가 다른 사람의 폭풍을 지나가 보았을까

누구든
조금씩은 미쳐 있다
그러니 가끔
미쳐 있는 자신을 발견해도 미치지 않기를

미친 것보다
미치지 않는 것이 더 괴로울 수 있다
광기 없는 꽃이 있을 수 있을까
광기를 담지 못하는 춤이 아름다울 수 있을까

나는 한 포기 미치광이풀
야금야금 바람과 햇빛을 먹으면서
꽃을 피운다

오늘도
괜찮다고 말할 뿐

조난

나무가 무섭다
바위도 무섭다
아까 봤던 바위는 더 무섭다

호흡과 호흡의 간격이 좁아진다
맥박이 달리는 나를 올라타고 달린다

씨발, 노을이 내 무의식 같다
리얼 씨발, 내 병 같다

개가 보고 싶다
닭소리가 듣고 싶다

집으로 돌아갈 수 있다면
망가진 채로 혼자여도 좋다
그러나 혼자란 말은 안전할 때 사용하는 말

지옥이란 죽어서 가는 특별한 곳이 아니라

길을 잃었을 때 누구나 들어서는 곳
이끌렸던 것의 다른 얼굴

지금 나는
백 명이 나누어 가져야 할 감정과 의식과 호르몬을
한 사람이 감당하고 있다

어둠이 깊을수록 물소리는 크게 들리니
어두울수록 나는 희망적이다
그래야 한다

또 여름인 거죠

햇빛 쪼가리가 꿈틀꿈틀
포도나무 아래를 기어 다녀요

걸레 같은 그림자가 이리저리
비닐봉지를 끌고 다녀요

주먹만 한 매미가 더듬더듬
방충망을 기어올라요

불타는 칸나가 줄줄이
거울 속에 들어가 박혀요

헐렁한 심장이 터벅터벅
어디에 닿아도 전율이 없어요

안산 오빠

오빠,
나는 늘 꺼져가는 오빠의 눈을 보면서
절망을 읽었던 것 같아
분명 거긴 희망도 있었을 텐데
아마 난 절망을 읽고 싶었던 모양이야
오빠도 알다시피 나도 오빠처럼
죽었다가 살아난 아이잖아
죽은 채로 살아가는 아이잖아

오빠가 목을 매 죽고
언니들이 오빠 장례식에 가는데,
나는 갈 수 없었어
아무래도 오빠가 나와 닮은 것 같았거든
내 미래를 앞당겨서 보고 싶지 않았어
오빠의 장례식을 보고 나면
시를 못 쓸 것 같았어
시가 아무짝에도 쓸모없는 세상은
내가 살기에 너무 힘든 세상이야

오빠가 목을 맨 나무는
어떤 나무야? 상록수야?
오빠가 옆에 있었다면 눈을 흘기며
내 머리를 쥐어박았겠지
오빠는 입을 가리고 소리 없이 웃고
나보다도 예쁘게 걷는 사람이잖아
나는 그게 신기하고 신선했어

오빠가 살아 있었다면
지금쯤은 가수가 됐을 거야
나 같은 애가 시인이 되는 마당에
오빠가 뭔들 못 됐겠어?
오빠는 이제 부르고 싶은 노래를
마음껏 부르겠지

지금은 고모도 사촌언니들도 돌아가신 할머니도
오빠를 잊고 지내는 날이 더 많을 거야

나는 오빠의 장례식에 안 간 게
내내 마음이 쓰여
그래서 이 시로 장례식을 하는 거야
이 시는 오빠와 나 두 사람을 위한 시야
불안정한 피를 위한 시야
오빠, 내내 평안하고 영원히 자유롭게 지내

막사

　여기 사는 사람은 여길 나갈 수 없어서 여길 나가고 싶어 한다. 그러나 막상 나가게 되면 얼마 못 가 이 어둡고 습한 곳이 생각날 거다. 여긴 강렬한 곳이니까. 창가에 화분을 두면 화분에도 화분 속 흙에도 화분 속 꽃에도 초록색 물감 같기도 하고 초록 애벌레의 똥 같기도 한 이끼가 낀다. 내가 자는 동안 책을 읽는 동안 통화를 하는 동안 포자가 나에게도 붙을 거다. 내가 눈을 깜빡이지 않으면 책장 위 곰인형처럼 내 눈알에도 이끼가 덮일 거다. 내 등도 변기처럼 팬 곳은 푸를지 모른다. 눈을 감으나 뜨나 볼 수 없는 속눈썹도 밝은 곳에 나가 자세히 살펴보면 초록으로 변해 있을지 모른다. 심장도 이끼에 둘러싸여 두꺼워졌을지 모른다. 꺼내 널면 칠 미터가 넘는 창자도 초록으로 포장되어 있을지 모른다. 여기 사는 사람은 이끼를 어떻게 할 수가 없다. 미끄러운 이끼와 푹신한 이끼의 질감은 보는 것으로 식별 가능하다. 이곳의 여름은 다른 여름. 온도가 올라가면 초록이 진해지며 구석으로 간다. 비가 오기 시작하면 물 먹는 하마가 삼일 만에 초록물에 빠진다. 여기 사는 사람은 이끼 낀

슬리퍼를 신고 다닌다. 알코올 솜으로 이끼 낀 안경을 닦는다. 침대 밑에서 이끼 낀 동전을 줍는다. 어제 닦은 이끼는 오늘 또 닦는 이끼. 지옥은 아닌데 지옥의 냄새가 나지 않는다고는 못 한다. 손톱으로 손톱 밑에서 초록을 파낸다.

노을에 대한 내성

노을은 크고 작은 구름을 싣고
나뭇가지에 찔리며 바위에 찢어지며
뒤돌아보며 뒤돌아보며 흘러간다

나는 이 시간만 되면 부족한 것 같다
뼈도 하나 없는 것 같다
영원히 잘될 것 같지 않다

나는 망가진 채 태어난 것 같고
어려선 누가 고쳐주지 않아 망가진 걸 몰랐던 것 같고
지금은 망가진 걸 인정하기 싫어 고치기 싫다

아직도 주먹을 쥐면 네 손이 느껴진다
굳은살과 툭 튀어나온 마디와 각질과 불에 덴 자국,
매일 조금씩 내 지문은 벗겨지지만
내 손을 덮은 네 지문은 벗겨지지 않고 수시로 내 손
을 찾는다

이제 나는 아무 일도 겪기 싫다 행복하고 싶지도 않다
괜찮고만 싶다 나중 말고 지금, 지금, 지금 좀 괜찮고
싶다

나는 거인의 박동을 가진 난쟁이다
아니 난쟁이가 가지고 노는 쥐다 쥐가 빠져나간 쥐다
눈을 다쳐 덤불 속에서 빠져나오지 못한다
어디에 발을 놓아도 편하지 않다

오늘에서 오늘로 넘어가는 시간
가시덤불을 흔든다 빨갛게 흔든다
오늘 밤 꿈에도 지난 오늘 밤처럼 아프리카에 가서
테이블 마운틴을 보고 싶다
또 한번 처음으로 아름다운 노을을 보고 싶다

4부

피부로 말하는 법

주머니에 손을 넣고 먼지를 뭉치는 동안

굴러다니는 비닐봉지는 크고 무거운 먼지
땅은 견고하고 많은 먼지
바위는 영원할 것 같은 먼지

나는 수분이 많은 먼지
먼지를 싫어하는 먼지
먼지를 만드는 먼지

무서운 것은 가볍다
조용하고 작다
잘 보이지 않고 가까이 있다

비행운이 엄청나게 무서운 것이란 소리가 들린다
켐트레일이 시골이나 소읍에 병을 퍼뜨린단 소리가
들린다
나도 내 딸도 실험군이란 소리가 들린다

선천적으로 사람들과 소통이 안 되는 걸 보면

내 부모 혹은 조부모는 외계인인지도 모른다
내가 변종이 아니란 증거는 없다

오늘 내가 사라지지 않으리란 법은 없다
지금은 상처가 무섭지 않으니 나는 잠시 죽은 것이다
먼지를 뭉쳐 무엇을 만들 수 있지 않을까

인형의 일 1

납작하게 밟힌 건 인형이다
팔과 다리를 잃은 건 인형이다
치마가 찢어진 건 인형이다
라이터 불에 배가 녹은 건 인형이다
흙탕물 속에서 눈을 뜬 건 인형이다

그러나 인형은 원래 말을 안 하니까
그러나 인형은 원래 걷지 않으니까
그러나 인형은 원래 화내지 않으니까
그러나 인형은 원래 아파하지 않으니까
그러나 인형은 원래 살아나지 않으니까

내가 인형이 할 일을 해야겠다
내가 인형이 할 일을 해야겠다
내가 인형이 할 일을 해야겠다
내가 인형이 할 일을 해야겠다
내가 인형이 할 일을 해야겠다

인형의 일 2

네가 내 말을 믿지 못하는 건
내가 네게 너무 가까이 있어서다
네가 나를 던지는 건
내가 스스로는 떠나지 않기 때문이다

네가 엎드려 울던 베개에는
천국이 들어 있다
내 뱃속에도 비슷한 게 들어 있다

오늘은 말하지 않아도 된다
나는 너와 피부로 말하는 법을 알고 있다
너는 아직
불타는 지옥을 버릴 곳을 찾지 못했다

어제도 그제도 작년에도 들은 이야기
너는 너무 먼 곳의 이야기를 한다
나는 안다
네가 쓸 시의 내용은 하나뿐이라는 것

너는 기뻐하는 방법을 모른다

너의 애인을 같이 사랑하는 것
너의 지옥에서 함께 노래하는 것
그게 내 일이다
나는 너의 냄새를 갖고 있다

오늘은 시원한 데서 따뜻하게 자자

밤 같은 낮 낮 같은 밤

나와 내가 만나는 건
위험하고 고요하다
처음 만나는 내가
나를 당황시킨다

어린애 없는 나와
어른을 모르는 내가 같이 지내는
밤 같은 낮
낮 같은 밤

벌레는 작으니까
안 아플 거야 벌레가 안 아픈 건
아프기 전에 죽어서일 거야

벌레는 병을 옮기지만
벌레는 죄가 없어
벌레를 죽이는 건 인간과 날씨야

조금 아픈 것과
많이 피곤한 것 중
어떤 걸 원하니?
아무도 만나지 않으면
아프지 않을 줄 알았니?

이불을 덮고 싶은 나와
이불을 덮기 싫은 내가
계속해서 충돌한다
한마음으로 잘할 수 있는 건
물을 마시는 것뿐이다

머리가 큰 내가 커질 때
머리가 큰 내 가슴이 커진다
가슴이 큰 내가 커질 때
가슴이 큰 내 머리가 커진다

혈관에 별이 떠 있다

불을 켜면 검은 반죽들
불을 끄면 발광 입자들

일어서면 서 있질 못하겠다
누우면 누워 있질 못하겠다

애드벌룬처럼 가슴이 뜬다
혈관에 별이 떠 있다

밤을 새우는 일은 쉬운 일이다
숨을 쉬는 일은 힘든 일이다

자려고 계속 시계를 본다
시계를 안 보려고 문밖의 소리를 듣는다

옥상을 걸어가는 갑각류의 발소리
초침이 없는 벽시계의 초침 소리

불을 끄면 눈이 커진다
불을 켜면 눈앞이 캄캄하다

몸이 영혼처럼 가볍다
영혼이 몸처럼 무겁다

악몽

별 같은 꽃 같은 아이가 방에 누워 있습니다
포동포동 살이 오른 아이는 온통
사랑스러움으로 무장하고 있습니다
내가 서 있는 반대편 창문에서
잘 익은 햇살이 쏟아집니다
아이는 금빛 피부를 가졌습니다
고귀한 손가락을 꼬물거립니다
갑자기 비단잉어 같은 다리로 공중을 차더니
둥글고 예쁜 금빛 머리를 듭니다
잠에서 깬 아이는 혼자라는 걸 알았습니다
내가 여기 이렇게 서 있지만
아이는 나를 볼 수 없습니다
내 목소리를 들을 수 없습니다
내 앞에는 창문이 하나 있는데
너무 높고 너무 작습니다
아이가 계속해서 우는데
나는 방 안으로 들어갈 수 없습니다
가구 하나 없는 데서 아이가 웁니다

나는 잠에서 깨어나서도 한참 더
아이 울음소리를 듣습니다
내 꿈속에는 사랑스러운 아이가 있습니다
데리고 나와야 하는 아이입니다

난쟁이 창고

겨드랑이에서 해가 돋는다
안개 속은 안전해서
새의 울음이 점점 커진다

도무지 기억나지 않는다
나는 언제부터 작아지기 시작했을까
다시 커서 다시 어른이 될 수 있을까

지고, 지고, 지다 보니
난쟁이가 되었다
이기는 방법을 몰라서 진 게 아니라
치사해지기 싫어서 졌다

검은 스웨터를 입은 여자가
성경책을 끼고
안개 속으로 사라진다

교회에 가고 싶지만

거긴 기도하는 사람이 너무 많다
할 수 있는 게 기도뿐이라는 건 가슴 아프다
나는 슬프고 싶지 않다

안개가 물러가며 툭툭
전봇대를 세워놓는다
이곳은 이 골목에서 제일 높은 육 층 건물
나의 창고는 칠 층에 있다

가시 일기

어떤 것도 터뜨리지 않는다
비가 그치고도 한나절은 더
빗방울을 모아 둔다

선인장 뱃속이 까맣게 타들어가도
창가에서 한참 더 살아야 한다
담 너머 아카시아 꽃이 흔들릴 때면
병들고 싶다 흔들리고 싶다

깊은 밤 구부러진 달빛이 세상을 뒤덮으면
꺾이고 싶다 취하고 싶다
왜 나는 늙지 못할까
왜 나는 달라지지 못할까
이제 그만 말랑한 너에게 닿고 싶다

노란 전등 아래 너를 데려다 앉히고
네 신경이 곤두서는 것을 지켜보고 싶다
오늘은 정말이지 네 손톱 밑에 들어가 눕고 싶다

무료하지 않을 만큼 아프고 싶다 아프게 하고 싶다
더 이상 꼿꼿하기 싫다 꼿꼿하기 싫다

눈을 뜨자 까마귀가 보인다

책상 모서리에 걸터앉은
까마귀가 지켜보는 것은 내 심장

방 안에는 까마귀에게 던져줄
고깃덩어리가 없고
까마귀는 개가 아니라서
개처럼 쉽게 목표를 바꾸지 않는다

빨리 팔을 뻗어
창문을 열고 까마귀를 내쫓아야 하는데
생각은 머릿속에서만 빵처럼 부푼다

쓸모없는 내 팔과
쓸모없는 내 다리와
쓸모없는 내 몸통과
점점 더 까매지는 까마귀

나는

매일 새 심장을 꺼내는 사람이다
까마귀는
어제도 내 심장을 먹은 새다

노끈

그가 내 손을 잡고 말한다

일이 뜻대로 안 될 때는
죽는 일이 가장 안 되더라,

그는 지난 계절에
노끈이 끊어져 죽음에 실패한 사람

그의 휴대폰 속에는 수많은 그가 있다
여러 가지 표정이 돌아온 날 아침의 그

그가 노끈으로 책을 묶는다
책은 죽음에 성공하여 밖으로 나간다

나는 아직도

친구들이 땅에 새겨놓고 흙을 덮어 숨긴 글자들

그 단어들을 찾아
나는 아직도 땅바닥을 기어 다니는 것 같다

흙먼지를 뒤집어쓴 것 같고
목이 따가운 것 같다

내가 찾아내지 못한 글자들이
흙으로 빚은 구두를 신고
내 주위에서 뛰어다니는 것 같다

옛날이나 지금이나 세상은 의문투성이
비밀을 만들어내는 재주는 내게 없다
밥 먹는 것보다 중요한 일이 한 가지는 꼭 있다
나는 아직도 남들이 아는 것을 알지 못하면 병이 날
것 같다

어두워져도 잠든 단어들은 깨어날 생각을 않고
나는 먼저 글자를 감출 생각을 하지 못한다

내가 찾아내지 못해서 더 빛나는 글자들은
아직도 흙 속에서 내 이름을 부른다

시인의 창세

태양은 천의 얼굴이나
나는 너무 뜨겁거나 찬 것에 덜 끌린다네
내가 사랑하는 것은 바람
속눈썹을 훑고 가는 바람
바람은 때로 내 몸속에 들어와
내 혈관 속에 이끼들의 시를 쓰고 간다네

나무로 된 나의 오두막에는
창이 하나
책상만 한 창 아래
내 책상이 있다네
서재이며 식탁이며 기도실인 나의 책상

나는 매일 오전에 펜촉에 잉크를 찍어 글을 쓴다네
오후에는 오전에 쓴 글을 버리며 신중해진다네
잉크와 기름이 한 병에 들어 있어서
글을 많이 쓰는 날은
저녁을 먹고 바로 잠자리에 들어야 한다네

여긴 아직 법전이 도착하지 않아서
죄인이 없고
죽음은 특별하지 않아서
상복이 없네
필요한 것은
자신을 다스릴 사소한 규칙 몇 가지와
언제든 빠져들 수 있는 몽상의 능력

나는 지금 하나 남은 기름병을 들고
어제 저녁 이곳에 당도한 시인을 찾아간다네
발걸음마다 풀잎의 화음이 따라오는
이곳은 나의 창세
일부의 내가 가서
일부의 나를 기다리는

서예가

그가 울면
그 집 수건이 까맣게 변할 것 같다

그의 집 책장 뒤에는
아직 발견된 적 없는 품종
죽순 같은 글씨가 자라고 있을 것이다

신은 모른다

밤마다
소용도 필요도 없는 별이 뜬다는 것을
신은 모른다
별은
겨울이 다가오면서 매일 조금씩 커지고
비가 오고 나서는 더 많이 커지지만
그따위 사소한 것을
신은 모른다
별을 단숨에 달처럼 키울 수 있다는 것을
눈물로 그렇게 할 수 있다는 것을
그따위 개인적인 것을
신은 모른다
인간은 인간이라서
인간인 게 싫을 때가 있지만
포기도 낙담도 허락되지 않을 때가 있지만
신은 모른다
하나밖에 없어서
그 하나를 지키려고

화장실에서 밥을 먹고
화장실에서 잠을 자는 생활을
그따위 미천한 짓거리를
신은 모른다
때로
인간도 한 인간의 신이라는 것을
신이라서
울 수도 한숨 쉴 수도 무너질 수도 없다는 것을
신은 모른다
긍정과 낙관만이 추구해야 하는 방향인 인간의
비참한 머릿속을
막 이사 온 옆집 사람에게라도
위로받고 싶은 인간의 마음을
그따위 미천한 감정을
신은 모른다
희미해져가는 작은 것
그 옆에서
환하게 터지는 신음을

붉은 심장 속에 닥친 크고 높은 해일을

그따위 거룩하지 않은 현상을

신은 모른다

만취

내가 어디에 있는지 물어보려고
네게 전화를 걸면

귀뚜라미같이 맑은 네 목소리
다른 행성에서 들려온다

너, 거기 어디야?

조그만 사랑의 시

안지영(문학평론가)

이번 시집을 읽은 이들은 나만큼이나 걱정스러운 마음으로 시편들을 읽어내려갔을지 모르겠다. 『악마는 어디서 게으름을 피우는가』에는 날카로운 금속성의 느낌이 나는 우울이 역력하다. 시를 쓰는 자기 자신을 베고, 또 시를 읽는 이들의 피부마저 벨 것 같은 날카로움이 선연해서 두려운 마음이 든다. 읽는 내내 아파서 시를 쓰는 자의 마음은 어땠을지 짐작조차 되지 않는다. 우울의 사유는 자서에서 밝히고 있는 사랑의 실패 때문인 것 같다. 시인은 말한다. "너를 너무 사랑해서/네가 돌멩이를 내밀며/이걸 삼켜, 그러면/삼킬 생각이었어." 돌멩이를 삼킬 수 있을 정도로 열렬한 사랑의 고백을 그 사랑이 실패한 후에야 하게 되는 이의 마음이란 어떠한 것일까. 모든 것을 바칠 만큼 누군가를 사랑한다는 것이 과연 가능한 일이긴 한 걸까. 적어도 나의 경우엔 나이가 들면서 사랑에 대한 회의감 역시 짙어져버렸다는 사실을 부인하기가 어렵다.

그런데도 이 지독한 상실의 감정을 조금은 이해할

것만 같은 기분이 드는 건 시에서 들려오는 목소리가 그만큼 절실하게 와닿았던 까닭이다. 사랑이란 과연 무엇일까. 사랑을 포기하고 무미건조한 삶을 선택하는 것이 대세가 되어버린 이 세계에서 사랑은 불가능한 무엇이 되어가고 있다. 사랑을 불가항력적인 무엇으로 파악했던 방식과 우리의 삶이 점점 멀어져가고 있는 탓이다. 울리히 벡에 따르면 사랑은 '위험사회'의 불안을 견디게 해주는 세속종교에 불과한 것이고, 그에 따라 진정한 사랑은 희귀한 상품이 되어버렸다.[01] 사랑에 대한 핑크빛 환상을 걷어내버렸을 때 남는 것이 이렇듯 초라한 결론일 뿐이라면, 우리가 누군가를 사랑해야 할 이유는 무엇이란 말인가.

한데 실연의 지독한 상처에 대해 이야기하는 이 시집을 읽고 나면 깨닫게 된다. 『악마는 어디서 게으름을 피우는가』가 그 불가능한 사랑의 가능성을 상연하고 있다는 것을 말이다. 이렇게까지 고통스러운데도 시인은 사랑을 포기하지 않고 있다. 이번 시집에는 지연된 사랑으로 인한 방황은 나타날지언정 사랑이 사라졌다고 말할 수 있는 순간은 없다.

---

01 울리히 벡·엘리자베트 벡-게른스하임, 『사랑은 지독한, 그러나 너무나 정상적인 혼란』, 강수영 외 옮김, 새물결, 1999, 325쪽.

롤랑 바르트는 사랑하는 사람이 사랑의 상태를 포기하기로 결심하는 것을 유형exile에 비유한 바 있다.[02] 자신이 살기 위해 사랑하는 대상을 마음속에서 죽여버리려고 하지만, 상대가 여전히 현존한다는 사실로 인해 그의 삶은 자신을 고통 속에 가두는 유배된 자의 삶과 다를 바 없게 된다. 이 시집에 새겨진 글자들 역시 유형지에 내몰린 자가 겪고 있는 형벌의 흔적처럼 느껴진다. 시적 주체는 여전히 사랑의 정념을 놓아버리지 못했다. 헤어지고 난 후에도 사랑하는 이의 이미지는 여전히 생생하게 남아 있다. 시집에 제일 먼저 실려 있는 시부터 예사롭지 않다. 시적 주체가 사랑하는 이와 꿈꾸었던 세계가 흔히 사랑에 대해 상상되었던 낭만적인 순간들과는 거리가 멀다. 여기에는 상대에 대한 집착으로 점철된 치명적이고 위험한 사랑의 상상계가 나타나고 있다.

> 떡갈나무 뿌리도 알지 못하는
> 흙냄새와 너만 있는 곳으로 가
> 너에게 나를 꽁꽁 묶어두고

---

02   롤랑 바르트, 『사랑의 단상』, 김희영 옮김, 문학과지성사, 1991, 140쪽.

언제까지나 머리맡에 네 박동을 켜두려 했어
너는 뱀이 되지 않았지만 누가 너처럼
우아하게 나를 빠져나갈 수 있겠니?

낡은 비늘을 벗고 고통 속에서
네가 다시 태어나는 모습을
나 혼자 오래오래 지켜보려 했어
어쩌다 커다란 먹이를 먹으면
한 달 동안 꼼짝도 하지 않고 잠도 자지 않고
눈이 멀 때까지 너만 바라보려 했어

- 「뱀이 되려 했어」 부분

"너에게 나를 꽁꽁 묶어두고" "눈이 멀 때까지 너
만 바라보려 했어"라는 「뱀이 되려 했어」의 사랑 고백
은 아름답다기보다는 조금 '무서운' 느낌이 든다. 상실
에 대한 슬픔으로 자기 자신을 부러뜨린 것만 같은 예
감이 시적 주체를 엄습하기도 한다. 상대방과 적당하
고 안전한 거리를 유지하며 슬퍼도 슬프지 않은 척 고
상하게 감정의 승화를 노래해 온 소위 '여성적 어조'
의 '착한' 사랑시와 이 시들은 결을 달리한다. 이 지독
한 집착은 로맨틱한 사랑의 문법을 철저하게 파기해

버린다. 사랑하는 연인들이 서로에게 무자비할 때 집착할 때 일어나는 파국에 대해 통속적인 러브스토리는 감추고 알려주지 않는다. 하지만 사랑은 결코 아름다운 것만은 아니다. 특히 서로에게 눈멀어 바깥세상에 눈감은 연인들의 미래는 불우한 결말이 기다리고 있다. 해서 그러한 위험성으로부터 자기 자신을 보호하기 위해 상대와 적당한 거리를 두고 외롭지 않을 정도의 가깝고도 먼 관계를 유지하려는 태도가 일반화되어 가고 있는 것인지도 모른다. 그런 점에서라면 김개미의 시는 사랑의 리스크를 회피하려는 이들이 찬양하면서도 결코 스스로는 가지지 않으려 하는 전체주의적 사랑의 형태를 띠고 있다. 상대의 모든 것을 갈구하고 나의 모든 것을 내어줄 듯 열렬한 이 사랑에는 독재의 분위기가 물씬 풍긴다.

*

사랑에 맹목적인 이들은 자신들의 미래가 불우할 것이라는 사실에 대해 너무나도 늦게 깨닫는다. 물론 이들이 그 사실을 조금 더 빨리 알게 되었던들 다른 선택을 했으리라고 생각되지는 않는다. 문제는 어긋나 버린 사랑의 불운을 어떻게 받아들이느냐에 있다. 이

쯤에서 김개미가 대상을 미화하지 않을뿐더러 남들은 대충 얼버무리려고 하는 부분에 굳이 현미경을 들이대는 독특한 습성을 지닌 소유자임을 상기할 필요가 있겠다. 김개미 시인의 첫 번째 시집 『앵무새 재우기』(2008)부터 세계를 바라보는 시인의 지나칠 정도로 '순수한' 태도는 낯설어서 신선할 정도였다. 시인은 다른 이들이 보지 못하는 것을 본다는 데 매혹되어 있는 것처럼 보였는데, 거기에는 특히 날것의 원초적 폭력을 포착해내는 독특한 감각이 도사리고 있었다. 다른 이들이 고통스러워 차마 보기를 외면하는 장면들을 클로즈업해서 다루는 악취미에 실재The Real를 직시하고야 말리라는 결기가 서려 있다는 것은 두 번째 시집 『자면서도 다 듣는 애인아』(2017)을 읽고 나서야 알게 되었다.

김개미는 실재를 응시하기 위해 '삐딱하게 보는' 태도를 취한다. 이에 따라 블랙홀처럼 욕망을 집어삼키는 과거의 기억이 소환되며, 거기에 집착할수록 우울 역시 깊어지고 만다. 가정 폭력에 노출된 아이의 기억이 반복적으로 출현하는 것도 이와 무관치 않을 것이다. 김개미의 시적 주체는 일상적 학대를 받은 피해자의 얼굴을 하고 있다. "그러니 집에는 너 혼자 가/누가 나를 궁금해하거든 죽었다고 해"(「참나무 아래 누워」)라며 가족들과 단절된 삶을 꿈꾸거나 "잠에 빠져 맨발로 눈밭을 걸어 다"(「뼈가 없는 유령처럼, 나는」) 니는 병에 걸려서 어른이 되지 못하고 죽을지도 모르겠다고 말하는 천진난만한 아이의 목소리는 위태롭기 그지없다. 상실한 연인의 이미지를 버리지 못하는 것처럼 이러한 고착된 기억들은 그를 현재의 삶으로부터 유리시킨다.

> 내 앞에는 창문이 하나 있는데
> 너무 높고 너무 작습니다
> 아이가 계속해서 우는데
> 나는 방 안으로 들어갈 수 없습니다
> 가구 하나 없는 데서 아이가 웁니다
> 나는 잠에서 깨어나서도 한참 더
> 아이 울음소리를 듣습니다
> 내 꿈속에는 사랑스러운 아이가 있습니다
> 데리고 나와야 하는 아이입니다
>
> ─「악몽」 부분

늙고 싶다 빨리 늙고 싶다
극도로 무력해지고 싶다

아, 네가 죽었으면!

-「극심한 오늘」부분

명료한 의식이 지겹다

낮에도 밤에도 똑같은 상태로

나일 수밖에 없는 내가 지겹다

왜 나는 내가 아니면 아무것도 아닌가

마비가 풀리면 의식을 잃을 수 있을까

의식이 없으면 기다리지 않아도 된다

의식이 없으면 생각하지 않아도 된다

의식이 없으면 살아 있지 않아도 된다

-「빙벽」부분

　고통을 호소해도 들어주는 이가 없을 것 같다는 느낌에 사로잡혀 스스로를 버려진 존재로 여기고, 몽환 속에서조차 끔찍한 고통을 느끼며 고문과도 같은 삶을 견뎌야 하는 절망. 그 절망에서 자기 자신을 떼어 놓기 위해 시적 주체는 자신의 고통을 대상화한다. 방 안에서 계속 울고 있는 사랑스러운 아이를 데리고 나오지 못하고 지켜볼 수 없는 상태로 그린다거나(「악몽」) 빨리 늙어서 자신이 무력해지기를 바라는 마음

(「극심한 오늘」)은 의식을 마비시켜서라도 현재의 고통에서 벗어나고자 하는 절박한 상황과 관련된다(「빙벽」). 이 시들은 그러한 고통 속에서 가까스로 쓰인 것들이며, 해서 이 시집에서 무無에 대한 욕망으로서의 우울증적 증상을 확인하기는 어렵지 않아 보인다. 자신이 이미 상실한 것을 욕망하는 우울증자는 그 원인을 자기 자신에게서 찾으면서 자기 학대, 죄의식에 사로잡히게 되는데, 이는 다수의 시편들에 나타나는 시적 주체의 모습과 중첩된다.

그런데 단편적이나마 무의식적인 섹슈얼리티의 차원에서 그가 갖는 주체적 욕망 역시 상상해 볼 수 있는 경우도 나타난다. 「K의 근황」이라는 작품이 그렇다. 드물게도 산문시의 형태로 서술된 이 시에서 몸은 주체가 제어할 수 없는 무의식의 영향을 받는 것으로 그려진다.

꽃구름 속에 이마가 쑥 들어가고 눈앞에는 후드득 꽃비가 떨어졌다네. 그런데 바로 그때, 일이 터지고 만 거네. 갑자기 머리가 극렬하게 아프지 뭔가. 내 생전 그런 두통은 처음이었다네. 아니, 평생 경험한 그 어떤 통증보다 더 아팠다네. 한꺼번에 이를 다 빼면 그만한 통증이 올까. 무겁고 커다란 쇳덩이에

머리를 얻어맞은 기분이었네. 머릿속에 원자폭탄이 던
져진 것 같더구먼. 소리 없는 폭발과 함께 뜨거운 진동
이 머리에 꽉 차지 뭔가. 끔찍하더군. 두통으로 사망하
는 최초의 호모 사피엔스가 되는 줄 알았다니까. 그런데
그 타이밍이 절묘했다네. 그녀가 절정에 도달하고 나도
막 절정에 들어서는 순간 그 일이 일어난 거라네. 나는
기쁨에 찬 그녀의 신음을 들으며 머리를 감싸 쥐어야만
했다네.

-「K의 근황」부분

이 시는 김개미의 시적 주체가 사랑에 실패한 숙명을
끌어안은 인간이 될 수밖에 없는 무의식적 이유를 우회
적으로 보여준다. 오르가슴을 느껴야 하는 순간, "원자
폭탄"이 던져진 것 같은 끔찍한 두통에 시달리는 이 사내
의 이야기를 통해 사랑하는 이와의 섹스를 고통의 절정
으로 전환해버리는 이 감각은 그야말로 징후적이다. 쾌
락으로 인한 황홀 대신 극단적인 고통을 추구하고야 마
는 이 자기 처벌적 태도에는 섹슈얼리티를 금기시하는
무의식적 기제가 작동하고 있는 것이 아닌가. "기쁨에 찬
그녀의 신음을 들으며" 머리를 감싸 쥘 수밖에 없는 이
사내의 병에는 정말로 '원인이 없는' 것일까? 그러고 보

니 왜 이 시적 주체의 목소리는 하필 '남성적인' 것으로 상상되고 있는 것일까? 혹시 시인은 가부장제가 지배적인 사회에서 폭력을 행사해온 남성적 주체에게 쾌락을 빼앗는 저주를 시연하고 있는 것은 아닐까. 이 시의 K는 과연 누구일까?

*

그러니까 내가 말하고 싶은 것은 이 시집이 마냥 감당할 수 없는 고통에 대해 토로하고 있지만은 않다는 것이다. 물론 고통스러운 과거의 기억과 화해하기를 거부하는 장면들이 적지 않게 나타난다는 사실은 부인할 수 없다. 그의 일상은 지겹고 무미건조하게 흘러가고("헐렁한 심장이 터벅터벅/어디에 닿아도 전율이 없어요" -「또 여름인 거죠」), 잘 맞지 않는 옷을 입은 것처럼 자기 자신과 부조화하는 장면들도 심심찮게 등장한다("나는 나와 잘 맞지 않습니다" -「나는 이상합니다」). 그럼에도 불구하고 자기의 고통을 객관화하거나 자신을 고통스럽게 한 상대를 향해 무의식적으로 저주를 내리는 등의 방식으로 시인은 자신이 쉴 수 있는 자그마한 대피소를 마련하고 있다. 무엇보다 든든한 마음이 드는 것은 "고통스럽지 않은 치유는 없어,/치유란 이 고통과 저 고통을 교환하는 일,"
(「그 언덕은 지금도 겨울일 것이다」)과 같은 문장들이
다. 고통이 치유의 한 과정일 수 있음을 받아들이며, 고
통이 끝나지 않더라도 넉넉히 그것을 품어낼 힘을 기르
겠다는 자세까지 이르는 과정이 얼마나 지난한 것일지
는 다음 시에서도 넉넉히 읽어낼 수 있다.

나무가 무섭다
바위도 무섭다
아까 봤던 바위는 더 무섭다

호흡과 호흡의 간격이 좁아진다
맥박이 달리는 나를 올라타고 달린다

씨발, 노을이 내 무의식 같다
리얼 씨발, 내 병 같다

개가 보고 싶다
닭소리가 듣고 싶다

집으로 돌아갈 수 있다면
망가진 채로 혼자여도 좋다

그러나 혼자란 말은 안전할 때 사용하는 말

지옥이란 죽어서 가는 특별한 곳이 아니라
길을 잃었을 때 누구나 들어서는 곳
이끌렸던 것의 다른 얼굴

지금 나는
백 명이 나누어 가져야 할 감정과 의식과 호르몬을
한 사람이 감당하고 있다

어둠이 깊을수록 물소리는 크게 들리니
어두울수록 나는 희망적이다
그래야 한다

— 「조난」 전문

세계에서 길을 잃은 자에게 만물은 공포를 불러일
으키는 대상으로 변신한다. 동화에서도 그렇지 않나.
나무 그림자는 괴물이 되어 춤을 추고 바위는 괴괴한
울음을 운다. 누가 자꾸 내 뒤를 쫓아오는 것만 같고,
어쩌다 여기까지 오게 되었는지 까마득하기만 하다.
물론 동화를 읽어주는 어른들은 무서워하는 아이에게

말할 것이다. 그냥 평범한 나무이고 바위일 뿐이라고. 무서워하지 않아도 된다고. 하지만 그 사실을 내가 두려워하는 대상들은 모를 수도 있다는 불확실성 때문에 세계가 지옥이 되어버리는 것이 아니겠는가. 이것은 끝없는 공포의 악순환이어서 그 고리를 끊기가 쉽지 않다. 한데 그 불가능한 일이 이 시에서 벌어지고 있다. 「조난」의 마지막 연에는 엄청난 도약이 일어난다. 병이 본인의 의지만으로 해결될 수 없는 것임을 알면서도 그것을 극복하려는 희망을 잃지 않는다고 말하는 자세에는 어떤 고귀함이 빛을 발한다. 실제적인 병과 작품을 가깝게 연결 짓는 시인들 중에는 무의식적으로 병에 고착되는 이들이 있다. 병이 시를 창작하게 만드는 동력이 되어버렸다는 점에서 충분히 있을 법한 일이다. 하지만 위 인용한 시와 더불어 '당신'에게 "조그만 편지"를 보내고 있는 「인형에게서 온 편지」나 「인형의 일」 연작시를 보면, 시인은 고통을 형상화하는 방식 말고도 시를 계속해서 써나갈 수 있는, 그리고 고통을 최소화하면서 삶을 지속시킬 방법을 모색 중인 듯하다.

행복한지는 잘 모르겠어. 그런 말은 사용하지 않아. 말할 수 있는 건 오늘은 숨이 찰 거라는 것. 조금 있

다가 조그만 산꼭대기에 사는 조그만 여우를 만나러
갈 거거든. 당신이 이 조그만 편지를 읽을 수 있기를
바라며. 오늘은 여기서 조그맣게 안녕.

- 「인형에게서 온 편지」 부분

오늘은 말하지 않아도 된다
나는 너와 피부로 말하는 법을 알고 있다
너는 아직
불타는 지옥을 버릴 곳을 찾지 못했다

어제도 그제도 작년에도 들은 이야기
너는 너무 먼 곳의 이야기를 한다
나는 안다
네가 쓸 시의 내용은 하나뿐이라는 것
너는 기뻐하는 방법을 모른다

너의 애인을 같이 사랑하는 것
너의 지옥에서 함께 노래하는 것
그게 내 일이다
나는 너의 냄새를 갖고 있다

오늘은 시원한 데서 따뜻하게 자자

- 「인형의 일 2」 부분

　고통을 시적 언어로 형상화하기 위해 시인이 어떠
한 시간을 견뎌야 했을지 상상하기란 쉬운 일이 아니
다. 이 시집에 실린 시편들은 시인에게는 분신과도 같
은 것일 테다. 악몽과도 같은 시간으로 돌아가 피를
말리는 고통을 반복해야 했을 테다. 그렇다면 위 시편
들에 나타나는 '인형-되기' 역시 고통스러운 의식으로
부터 자기 자신을 떼어놓는 거리 두기 정도로 이해할
수 있을 터이다. 그렇게 자신의 의식과 거리를 둠으로
써 시적 주체는 기다림의 대상, 그러니까 욕망을 소유
할 수 있게 된다. 이 방법이 과도기적인 것일 수도 있
다는 사실은 「인형의 일 2」를 통해 짐작할 수 있는 바
이지만("너는 아직/불타는 지옥을 버릴 곳을 찾지 못
했다"), 세상에 완전한 것이 어디 있을까. 사랑조차도
완전하지 않다. 사랑이 완전할 수 있다고 믿는 자는
나르시시즘에 빠져 있을 뿐이다. 차라리 '작은' 것에서
부터 시작해 보자는 시인의 제안이 더 미덥게 여겨지
지 않는가. 그 조그만 것들이 우리를 살게 한다. 사랑
을 포기하지 않게 한다.

악마는 어디서 게으름을 피우는가

2020년 7월 15일 1판 1쇄 펴냄

2025년 1월 31일 1판 5쇄 펴냄

지은이 　　김개미

펴낸이 　　김성규

책임편집 　김안녕 조혜주

디자인 　　김동선

펴낸곳 　　걷는사람

주소 　　　경기도 용인시 기흥구 동백중앙로 358-6, 7층 (본사)

　　　　　서울 마포구 월드컵로16길 51 서교자이빌 304호 (지사)

전화 　　　031 281 2602 / 02 323 2602

팩스 　　　02 323 2603

등록 　　　2016년 11월 18일 제25100-2016-000083호

ISBN 979-11-89128-77-7 04810

ISBN 979-11-89128-01-2 (세트)